MW00905601

Les éditions la courte échelle inc.
Montréal • Toronto • Paris

Chrystine Brouillet

Née en 1958 à Québec, Chrystine Brouillet publie un premier roman policier en 1982, pour lequel elle reçoit le prix Robert-Cliche. L'année suivante, un deuxième livre paraît. Par la suite, elle écrit des textes pour Radio-Canada, des nouvelles pour des revues et fait de la critique de littérature policière à *Justice*.

En 1987, elle publie un autre roman policier qui met en vedette un détective féminin, suivi, en 1988, d'un ouvrage avec le même personnage, chez Denoël-Lacombe. Et elle travaille présentement à une saga sur les sorcières.

En 1985, elle reçoit le prix Alvine-Bélisle qui couronne le meilleur livre jeunesse de l'année pour *Le complot*, publié à la courte échelle. *Le Corbeau* est son cinquième roman à la courte échelle.

Philippe Brochard

Philippe Brochard est né à Montréal en 1957. Il a fait ses études en graphisme au cégep Ahuntsic. Depuis, à titre de graphiste et d'illustrateur, il a collaboré, entre autres choses, aux magazines *Croc*, *Le temps fou* et *Châtelaine*.

En janvier 1985, il a participé au XIIe Salon international de la bande dessinée à Angoulême, en France.

À la courte échelle, il a déjà illustré *Le complot*, *Le Caméléon* et *La montagne Noire*.

De la même auteure, à la courte échelle

Collection Roman Jeunesse

Le complot
Le Caméléon
La montagne Noire

Collection Roman+

Un jeu dangereux

Les éditions la courte échelle inc.
5243, boul. Saint-Laurent
Montréal (Québec) H2T 1S4

Conception graphique:
Derome design inc.

Révision des textes:
Odette Lord

Dépôt légal, 3e trimestre 1990
Bibliothèque nationale du Québec

Données de catalogage avant publication (Canada)

Brouillet, Chrystine

  Le Corbeau

  (Roman Jeunesse; 25)
  Pour les jeunes.

  ISBN: 2-89021-132-0

  I. Brochard, Philippe, 1957-   . II. Titre.   III. Collection.

PS8553.R68C67 1990   jC843'.54   C90-096053-1
PS9553.R68C67 1990
PZ23.B76Co 1990

Chrystine Brouillet
LE CORBEAU

Illustrations
de Philippe Brochard

Chapitre I
Stéphanie
est amoureuse

J'avais hâte de partir pour l'école, mercredi. Pour la rentrée des classes, papa m'a acheté un sac rose fluo avec des bandes argent hyper brillantes.

J'aime bien la première journée d'école, on revoit les amis et on se raconte nos vacances. Tout le monde rit et tout le monde crie; ça ressemble un peu aux jours qui précèdent les congés de Noël. Sauf que les profs sont moins sévères parce qu'il n'y a pas d'examen.

Stéphanie, elle, a eu un sac avec du doré. Super! Car Stephy et moi, on fait souvent des échanges: c'est normal, c'est ma meilleure amie.

Nous nous connaissons depuis que nous sommes petites et on se dit tout. L'an dernier, elle m'a même raconté qu'elle était amoureuse de M. Pépin, notre prof d'histoire! Stéphanie est souvent amoureuse. C'est peut-être parce qu'elle lit des romans d'amour.

Moi, je lis souvent des livres sur les étoiles, car je veux devenir astronaute. Cet été, Stéphanie a décidé qu'elle serait comédienne. C'est une excellente idée! Elle aura des amis acteurs et des billets pour les spectacles. On rencontrera sûrement des vedettes!

À l'école, il n'y avait pas de star évidemment, mais quatre nouveaux: trois garçons et une fille. J'allais m'approcher d'eux quand Stéphanie est arrivée.

— Viens! J'ai quelque chose d'extraordinaire à te dire!

— Ah! Te voilà! Ça fait une demi-heure que je t'attends! Avoir su, je serais venue plus tard!

Au téléphone, la veille, on avait décidé de se retrouver très tôt à l'école pour avoir le temps de bavarder.

— Je sais, excuse-moi, mais j'ai raté l'autobus. Quelle chance! Félix Tremblay était assis dans le suivant: il m'a parlé! À moi!

— Félix Tremblay?

— Ouiiiii! Le beau Félix! Il est encore mieux que l'an dernier! Avec ses grands yeux clairs… Il est tellement fin! J'espère qu'on va être dans la même classe!

— Moi aussi!

— Je parlais de...

Stéphanie s'est interrompue, mais c'était trop tard, elle avait gaffé.

— Ah! Tu parlais du bel Adonis!

— Pas Adonis, Félix!

— C'est une expression... Va le rejoindre, puisqu'il t'intéresse tant que ça!

Je lui ai tourné le dos: c'est vrai à la fin, quand Stéphanie tombe en amour, elle m'oublie aussitôt. Je commence à en avoir assez! La prochaine fois que j'ai un chum, je vais l'imiter, elle verra comme c'est agréable de servir de bouche-trou. De toute manière, mon sac rose est plus beau que le sien!

Je me suis dirigée vers le fond de la cour pour montrer mon sac à Amélie Saint-Arnaud. Je déteste Amélie Saint-Arnaud qui a des millions de chandails, mais elle parlait avec Nathalie Rioux, Émile Turcotte, Capucine Roy et surtout Alexis Dugas. Il est super... super! Quand je suis arrivée près d'eux, Amélie a arraché un papier blanc des mains d'Alexis.

— Donne, c'est moi qui l'ai trouvée!

Je la garde!

— Garder quoi? ai-je demandé.

— Une lettre anonyme.

— Une lettre anonyme?

— Montre-lui, a dit Émile. Et il a attrapé la lettre pour me la donner.

Comme toute lettre anonyme qui se respecte, elle était écrite avec des

coupures de journaux. L'auteur avait en-suite collé les lettres choisies sur une feuille blanche. L'ensemble était tout croche. Et bourré de fautes d'orthographe. Je les ai vues immédiatement même si je ne suis pas un génie en français. On comprenait cependant le message.

> *Le directeur es un soulon. Il a de la vodequa dans son buro et il en boit tout lé jours.*
> Signé: *Un ami qui vou veux du bien,*
> *Le Corbau*

— Qu'est-ce que tu en penses, Cat? m'a demandé Capucine.

Je n'ai pas pu répondre, Amélie me reprenait la lettre. Alexis a voulu la relire, mais Amélie la tenait bien serré. Ils se sont battus pour l'avoir. Capucine s'en est mêlée. Ce qui devait arriver est arrivé: M. Boudreault s'est approché de nous en courant.

— Qu'est-ce qui se passe ici?

— Rien.

— Vos riens, je n'y crois pas! Amélie, toi qui es la plus sage, dis-moi la vérité!

Une flatterie et Amélie fait ce qu'on veut! Elle a tendu la lettre au professeur de géographie. Il s'est mordu la lèvre, a glissé la lettre dans sa poche et nous a recommandé de ne pas en parler.

Il ne connaît pas Amélie! C'est la plus grande mémère de l'univers! Comme Stéphanie venait vers moi en s'excusant de sa maladresse, Amélie s'est empressée de lui répéter le contenu de la lettre anonyme. Ensuite, elle nous a plantées là pour le raconter à d'autres. En disant à tout le monde que c'était un secret!

— C'est vrai ce qu'elle a dit?

— Oui. C'est bien ce que j'ai lu.

— Des stupidités! Un élève qui a voulu animer la première journée. Ce que j'ai à te dire est mille fois plus important! Cat, j'ai besoin de ton aide! Je suis certaine que je plais à Félix. Tantôt, il me regardait sans arrêt! Il m'a demandé si je faisais du patin. J'ai répondu oui.

J'étais certaine que Stephy allait me reparler de Félix. On aurait pu faire sauter l'école, elle s'en serait moqué: tout ce qui comptait, c'était son histoire d'amour! En temps normal, elle se serait intéressée à la lettre anonyme. J'ai quand même tenté de raisonner mon amie.

— Voyons, Stephy! Tu n'as jamais mis les pieds sur une patinoire!

— Je sais; je t'en supplie, il faut que tu m'apprennes à patiner avant l'hiver! Tu es si bonne, toi! Tu as même gagné une médaille! En échange, je vais te prêter mes barrettes avec des étoiles.

Ses super barrettes! Elle les a reçues pour son anniversaire, et mon père a voulu m'en acheter des pareilles pour le mien, mais il n'en restait plus au magasin.

— Marché conclu! Tiens, voilà ton Félix…

— Oh! Est-ce que ma mèche est correcte?

— Oui, oui… mais…

Mais Félix ne se dirigeait pas vers nous, il discutait avec la nouvelle!

— Pourquoi va-t-il lui parler!? Il ne la connaît même pas! a dit Stéphanie.

— C'est peut-être elle qui lui a posé une question, ou il veut peut-être lui parler de la lettre anonyme. C'est la première fois que j'en vois une! Le directeur va être furieux quand il va la lire!

— Je me fous du directeur et des lettres anonymes! explosa Stéphanie.

Félix parle à cette fille parce qu'elle est plus belle que moi! Je n'aurais jamais dû toucher à mes cheveux!

— Tu les as à peine raccourcis!

Stéphanie porte ses cheveux aux épaules, si elle ne m'avait pas dit au téléphone que sa mère avait coupé les bouts la veille, je ne l'aurais pas remarqué.

— Regarde la nouvelle, ses cheveux sont bien plus longs que les miens!

— À peine! Félix est simplement

14

gentil parce qu'elle ne connaît personne. Ça doit être gênant!

— Ça n'a pas l'air de la déranger! Elle fait tout pour attirer son attention depuis une heure! As-tu remarqué? D'abord, elle a ramassé une grosse chenille sur un banc.

— Une chenille? Comment ça, une chenille?

— Je n'ai pas regardé; c'est trop écoeurant! Maintenant, ça fait dix minutes qu'elle joue avec une boîte d'allumettes! Elle la sort de son sac, la range, puis la sort de nouveau! J'ai bien vu son petit manège! Elle veut piquer la curiosité! Ou nous faire croire qu'elle fume! J'espère qu'elle va s'étouffer!

— Félix ne la regarde jamais dans les yeux! Il fixe ses pieds! Elle ne l'intéresse pas! J'en suis certaine!

— Tu crois?

— Sûrement!

En fait, je n'étais pas aussi convaincue que je le disais, mais il fallait bien que je remonte le moral de ma meilleure amie!

Chapitre II
La grande asperge

La cloche a sonné: les professeurs nous ont fait signe d'entrer; direction l'auditorium. Le directeur n'avait pas encore lu la lettre, car il a prononcé son discours habituel.

Il nous a souhaité la bienvenue, puis il nous a dit qu'il comptait sur chacun de nous pour bien travailler. Du même souffle, il a ajouté que nous étions chanceux d'aller dans cette école, qu'on agrandirait le gymnase au mois de novembre et qu'il savait qu'on allait accueillir nos nouveaux camarades de classe avec plaisir.

— Il se trompe! m'a chuchoté Stéphanie. Je n'adresserai pas la parole à la grande asperge!

Stéphanie déteste les asperges; j'ai compris qu'elle était vraiment jalouse de la nouvelle.

— Elle n'est pas si grande, ai-je protesté.

— Si tu aimes mieux te tenir avec elle, dis-le tout de suite!

Oh la la! Stéphanie est vraiment susceptible quand elle est amoureuse, et je n'ai plus rien ajouté. À la sortie de l'auditorium, notre ancien prof de français distribuait les horaires de cours: Stéphanie et moi étions dans la même classe. Ainsi que son beau Félix.

Mme Ouellette, notre titulaire, donnait le premier cours et nous a placés par ordre alphabétique. Ça change toujours après, lorsque les professeurs veulent séparer les amis.

J'étais assise juste à côté de la nouvelle. Je ne voulais pas qu'elle trouve que j'avais l'air bête et j'allais lui adresser un petit sourire lorsque la sirène du système d'alarme s'est fait entendre!

Le son était encore plus fort que les pleurs du bébé des voisins! On s'est tous levés et on s'est rués vers la porte de la classe malgré les cris de Mme Ouellette. Elle nous répétait de rester tranquilles! Mais je n'avais pas envie de finir en saucisse fumée! Même si j'aime les saucisses!

On se bousculait tous quand la voix du

directeur a retenti dans le haut-parleur au moment où cessait le tintamarre infernal de la sirène. Il nous disait qu'il n'y avait pas lieu de nous inquiéter, que c'était un court-circuit qui s'était produit dans le système de son de l'auditorium. Et surtout, de nous calmer rapidement.

On s'est calmés, mais pas aussi vite que Mme Ouellette l'aurait voulu. On commentait tous l'incident!

— Comment t'appelles-tu? ai-je demandé à la nouvelle.

— Yani.

Elle semblait vraiment timide, quoi qu'en dise Stéphanie.

— C'est un drôle de nom. Mais c'est beau. Moi, c'est Catherine. Tu connais déjà des élèves?

— Non… Pas vraiment. Des incendies, il y en a souvent?

Elle n'avait pas l'air rassurée.

— C'est la première fois. Moi, je trouve ça excitant. Avec un peu de chance, on aurait pu rater le cours!

Mme Ouellette m'a interpellée:

— Je vois que tu n'as pas mûri cet été, Catherine Marcoux! Toujours aussi bavarde! Tu raconteras tes vacances à la récréation!

J'ai croisé le regard de Stéphanie: si ses yeux avaient été des pistolets à rayons, j'aurais été immédiatement désintégrée! Elle ne voulait pas que je parle avec Yani!

Quand la cloche a sonné, tous les élèves se sont précipités vers l'auditorium pour constater les dégâts causés par l'incendie. Moi, j'ai rejoint Stéphanie.

— J'essayais de savoir si Yani connaissait Félix. C'est pour toi que j'espionnais!

— Excuse-moi. Tu avais l'air d'avoir du plaisir avec elle.

— Bien sûr, si j'ai l'air fâchée, elle ne me parlera pas. Il faut gagner sa confiance si on veut apprendre quelque chose au sujet de Félix.

Le visage de Stéphanie s'est éclairé.

— Tu as raison. Fais semblant d'être son amie. Tu me raconteras tout ensuite. Va lui parler!

Flûte! Je ne croyais pas que Stéphanie apprécierait cette petite combine. Maintenant, j'étais coincée.

Pendant que les élèves commentaient l'incendie (il n'y avait cependant aucune trace à l'auditorium), Yani examinait des fourmis dans un coin de la cour. Elle s'est relevée quand je suis arrivée.

— Tu regardais les fourmis?

— C'est génial! Mais j'aime mieux les abeilles, et elles ont aussi un super système d'organisation.

— Et des super dards! Je me suis fait piquer une fois!

— Tu devais avoir provoqué l'abeille.

— Dis tout de suite que c'est ma faute!

— Attends! a crié Yani alors que je me retournais. Je ne voulais pas être désagréable. L'abeille était peut-être

inquiète sans que tu le saches. Elle pouvait être en guerre contre d'autres insectes pour protéger la reine, et tu es arrivée au mauvais moment.

— Peut-être… Tu connais bien les bibites.

— Je veux être entomologiste.

— Entoquoi?

— M'occuper des insectes. Toi?

— Pas moi!

Yani éclata de rire:

— Je ne te demandais pas de t'occuper des insectes. Qu'est-ce que tu veux faire?

— Astronaute.

— J'y ai pensé aussi. J'aime bien observer les étoiles.

J'ai raconté à Yani que mon père m'avait offert un télescope pour mon anniversaire.

— Moi, j'ai un cherche-étoiles et j'aimerais beaucoup avoir un microscope. Mais ça coûte cher.

— Peut-être que tu pourrais en trouver un vieux…

— Peut-être…

Ton amie te fait des signes, m'a dit Yani. Je n'avais pas vu Stéphanie.

— Ah bon! Salut…

Stéphanie m'a entraînée derrière les balançoires.

— Qu'est-ce qu'elle t'a raconté? Elle aime Félix?

Je l'avais complètement oublié, celui-là!

— Je ne sais pas.

— Tu ne sais pas? Elle n'a pas voulu avouer?

— On n'a pas eu le temps de parler de Félix Tremblay.

Stéphanie m'a dévisagée.

— Je suppose que vous avez parlé de l'incendie, comme tout le monde! Ou de la lettre anonyme?

— On a parlé d'entologie.

— Elle a mal aux dents? Youpi! J'espère qu'elle aura un abcès et qu'elle sera défigurée pendant au moins une semaine!

Stéphanie se réjouissait vraiment!

— J'ai bien peur de te décevoir; l'enmologie…

— Enmologie ou entologie? Tu ne sais même pas ce que tu dis!

— J'ai dit entomologie, tu as mal compris! L'entomologie, c'est s'intéresser aux insectes.

— Les insectes? Je te l'avais dit qu'elle était bizarre!

— Moi, je ne trouve pas. Au chalet, nous avons vu de très beaux papillons, rappelle-toi!

— Toi aussi, tu es bizarre! Qui se ressemble s'assemble!

— Alors, il va falloir trouver quelqu'un de vraiment bête pour s'entendre avec toi, Stéphanie Poulin. Tu n'es jamais contente! Je retourne avec Yani!

Chapitre III
Ma nouvelle amie

Yani n'avait pas bougé de son coin, car elle observait une chenille qui se promenait sur un banc. C'était une drôle de chenille: elle avait des pattes à chaque extrémité de son corps, mais rien au milieu. Pour avancer, elle ramenait sa queue près de sa tête en faisant un pont, puis elle se détendait.

— Elle a une curieuse façon d'avancer.

— C'est une chenille arpenteuse. C'est amusant, mais le papillon est insignifiant! Je préfère la chenille du sphinx; elle est verte avec des piquants rouges sur le dos. On dirait un cactus!

— Ah! Tu aimes vraiment ça, les bestioles...?

— Oui... Qu'est-ce qu'elle aime ton amie, elle? demande Yani en désignant Stéphanie Poulin.

— Ce n'est plus mon amie. Je ne lui parlerai plus jamais. Elle peut bien garder ses vieilles barrettes!

— Ses barrettes?

J'ai seulement haussé les épaules. Je n'avais pas envie de raconter toutes les mesquineries de Stéphanie à Yani: c'était trop moche!

— Que penses-tu de la lettre anonyme concernant le directeur?

Yani a gardé le silence.

— Ça ne t'intéresse pas? J'ai vu la lettre, tu sais!

— Ah!

— Tu as déjà vu une lettre anonyme avec plein de bouts de papier?

— Seulement dans les films, admit Yani. Oh! Une araignée!

J'ai frissonné: Yani aimait aussi les araignées!

— C'est un insecte répugnant! Avec toutes ses grandes pattes…

— Ce n'est pas un insecte: elle a huit pattes! Les insectes en ont six. Regarde, elle va faire sa toile.

Je ne voulais pas que Yani croie que j'étais peureuse. Alors, j'ai dû me pencher pour observer l'horrible bestiole.

— Mais elle commence par l'extérieur!

J'avais toujours cru que les araignées tissaient leur toile en partant du centre et en déroulant leur fil en spirale.

— Tu vois que c'est amusant!

— Tu habites à la campagne? ai-je demandé.

— Non, a soupiré Yani. Depuis une semaine, je vis près d'ici. En ville! Et je ne connais personne…

— Personne? Je pensais que tu connaissais Félix Tremblay.

Yani rougit, puis bredouilla non, non, pourtant elle semblait vraiment très embarrassée. J'ai pensé que Stéphanie Poulin avait peut-être raison. Yani me mentait, mais je l'excusais, car elle aussi était amoureuse de Félix. Je n'ai pas osé lui dire que j'avais deviné.

Je suis rentrée seule chez moi, et le trajet m'a paru plus long. Habituellement, je parle avec Stéphanie. Maintenant, c'est bien fini. Et Yani ne prend pas l'autobus. Elle vient à pied à l'école, car elle habite tout près: dans la même rue que le directeur.

— Tu n'es pas chanceuse, lui ai-je dit, avoir le directeur du collège comme voisin!

Yani a rougi de nouveau. Décidément, elle est gênée. Ce n'est tout de même pas sa faute si ses parents ont déménagé près de chez M. Lemelin.

***

Quand mon père m'a demandé des nouvelles de Stéphanie, je lui ai dit que c'était bien terminé entre nous, et que ma nouvelle amie s'appelait Yani.

— C'est fini avec Stephy? Après toutes les aventures vécues ensemble?

— Oui! Il n'y a que les gars qui l'intéressent! Elle se fout même du feu!

— Le feu?

J'ai expliqué à papa ce qui s'était passé à l'école.

— Et vous n'avez pas quitté vos salles de cours?

— Non, c'était un petit incendie. Ce qui est bizarre, c'est que le directeur a parlé d'un court-circuit à l'auditorium. D'après Julien Parent qui avait oublié son sac dans la cour, la fumée venait du vestiaire.

— Pourquoi le directeur vous aurait-il menti? a demandé papa. Ton copain s'est trompé.

Non, Julien avait raison, comme on l'apprendrait très vite! Le vendredi, on a entendu de nouveau retentir la sirène! Cette fois-ci, nous sommes sortis dans le corridor pour courir dehors.

Dans la cour régnait une excitation folle, car on voyait très bien la fumée qui s'échappait des fenêtres du vestiaire. Une grosse fumée grise opaque. Ça sentait le caoutchouc brûlé. Julien, à côté de moi, m'a dit qu'il y avait une odeur identique la semaine précédente.

Deux incendies dans la même semaine, ça faisait beaucoup! Je ne crois pas aux coïncidences, et si Stéphanie avait été encore mon amie, nous aurions enquêté ensemble sur ces incendies criminels.

Le directeur a dit cette fois que c'était la chaudière de la cave qui était défectueuse. Il a dit aussi que nous nous conduisions comme des idiots et qu'on nous ferait faire des exercices d'évacuation.

— La panique est mauvaise conseillère et, dorénavant, vous écouterez attentivement les directives de vos professeurs. Nous ferons des répétitions lundi et mardi.

Le lundi, personne ne pensait à l'exercice d'évacuation, car Antoine Desjardins avait trouvé une seconde lettre anonyme. Affichée au tableau de la classe. Cette fois, on attaquait Mme Ouellette!

Madam Ouelaid a un tchom
qui a 20 an de moins quelle et qui
vie avec.
Et toujours signé: *Un ami qui*
vou veux du bien,
Le Corbau

On a tous lu cette lettre avant que Mme Ouellette n'entre et ne la voie. Elle a rougi, a chiffonné le papier, en a fait une boulette qu'elle a jetée au panier sans faire de commentaires. Évidemment, à la récréation, on ne parlait que de cette deuxième lettre!

J'ai entendu Stéphanie Poulin dire à Amélie Saint-Arnaud qui ricanait que l'important était d'aimer.

— L'âge ne compte pas! Mme Ouellette a le droit d'aimer qui elle veut!

Stéphanie songeait à sa propre romance avec notre prof d'histoire. M. Pépin avait au moins dix-huit ans de plus qu'elle.

Moi, je pensais à l'auteur et non au contenu de la lettre. Qui l'avait écrite? Pourquoi? Et quel prof serait la prochaine victime?

Cette première semaine d'école était vraiment fertile en émotions!

Les jours suivants, papa a bien essayé de me convaincre de reparler à Stéphanie, mais c'était à elle de faire les premiers pas! Et puis j'ai beaucoup de plaisir avec Yani: elle m'a donné son cherche-étoiles en disant qu'elle ne s'en servait pas souvent.

Je pense que c'était pour être gentille, car elle sait très bien l'utiliser. Papa était drôlement curieux de la rencontrer. Il est toujours curieux de tout, d'ailleurs. C'est aussi bien, quand on est chercheur!

Chapitre IV
Encore des lettres!

J'avais hâte de retrouver Yani: papa m'avait suggéré de l'inviter, samedi, pour un barbecue. (Ses grillades sont bonnes, et il en est très fier!) Seulement, en arrivant dans la cour de l'école, j'ai vu un attroupement monstre près du tableau d'affichage. J'ai poussé un peu pour lire ce qui était annoncé.

C'était une autre lettre anonyme, mais à ma grande surprise, on exposait maintenant les travers d'une élève.

Amélie Sainte-Garnotte est une rapporteuse. Elle a dit à un professeur que François Tellier et Alexis Dugas fumaient dans les toilettes des plus vieux. Elle espionne tout le monde. Méfiez-vous!

Et c'était signé: *Un ami qui vous veut du bien,*
Le Corbeau

Amélie Saint-Arnaud n'était pas encore arrivée, car elle aurait arraché le message. Malheureusement pour elle, tout le monde l'avait lu quand elle s'est pointée. J'ai guetté ses réactions: son visage de fouine s'est fripé comme si elle allait pleurer. Mais elle n'a pas versé une larme, car la colère l'a emporté!

— Je vais le dire à mon père! a-t-elle rugi.

— Ou à un prof? a demandé un ami d'Alexis.

Amélie a protesté, juré qu'elle n'avait jamais su ce qui se passait dans les toilettes. Personne ne la croyait; elle parle toujours aux profs après la classe. Je ne sais pas s'ils la trouvent plus intelligente. Moi, le genre colleuse, ça m'énerve!

J'étais contente que le Corbeau l'ait dénoncée par cette lettre. Nous étions plusieurs à savoir qu'elle était un porte-panier! Quand j'étais petite, elle avait dit que j'avais copié un devoir de français!

— C'est vrai ce qui est écrit? m'a demandé Yani.

— La lettre anonyme?

— Oui... C'est vrai qu'Émilie est une espionne?

— Amélie, pas Émilie. C'est vrai, puisque le directeur a fait venir François et Alexis dans son bureau, il y a deux jours.

— Il a peut-être appris qu'ils fumaient par hasard!

Je m'étonnai:

— Tu défends la mémère Saint-Arnaud? Je ne savais pas que tu aimais sa compagnie!

— Ce n'est pas ça!

— Alors, c'est quoi?

— Vous n'avez pas de preuves. Et pas d'aveux. Dans notre société, on est innocent jusqu'à la preuve du contraire.

— Pardon?

Parfois, je trouve que Yani connaît trop de choses. On ne croirait pas qu'elle a six mois de plus que moi, mais au moins douze.

— Amélie n'avouera jamais: elle est super entêtée!

Yani a soupiré, puis elle a tiré une boîte à bijou en velours violet de son sac.

— J'ai apporté mon Queue d'hirondelle pour te le montrer. Il est beau, non?

Comme j'étais contente de changer de sujet, je me suis extasiée sur son papillon. Sans avoir à me forcer: ses grandes ailes jaune et noir étaient magnifiques. On aurait dit du velours ou du crayon pastel. Il y avait des petites taches bleu-gris et saumon qui paraissaient saupoudrées sur le bas des ailes: superbe!

Yani a accepté de venir manger, samedi soir.

— Mon père va aller te chercher et te reconduire.

Elle a rougi, puis secoué la tête:

— Non, non, j'aime mieux prendre ma bicyclette. J'ai le droit s'il n'est pas trop tard.

***

Cathy-la-star est une menteuse: elle n'a jamais été en Floride, ni à Disneyworld. *Elle raconte ses faux voyages pour épater Alexis Dugas.*
Un ami qui vous veut du bien,
Le Corbeau

Quand j'ai vu la lettre accrochée à un arbre de la cour, j'ai failli mourir! Tout le monde me regardait, et certains élèves avaient des petits sourires de pitié. J'ai arraché la lettre et je l'ai déchirée en un

million de morceaux. Puis j'ai essayé de
me défendre. J'ai juré que j'étais réelle-
ment allée aux États-Unis.

— Qu'est-ce qui nous dit que c'est
vrai?

— Je vous ai montré mon stylo Do-
nald le Canard et mon tee-shirt où c'était
imprimé *Magic Kingdom!* Je l'ai mis
assez souvent!

— C'est quelqu'un qui te l'a donné!

— Vous avez vu les dépliants! Puis

mon billet d'entrée sur le site d'*Epcot Center*.

— On te l'a donné, a répété Amélie Saint-Arnaud. Elle était tellement satisfaite qu'on m'attaque aussi par courrier anonyme!

— Non. J'y suis allée! Stéphanie! Dis-leur que c'est vrai!

Dans ma rage, j'avais oublié que nous étions encore en chicane. Stéphanie m'a regardée longuement avant de hocher la tête pour m'approuver. Ouf!!!

— Elle y est allée, j'en suis certaine! Elle m'a raconté son voyage au complet. Dans les dépliants, ils ne disent jamais que le château est tout petit, pourtant Catherine le savait. Quand j'y suis allée ensuite, j'ai vu qu'elle avait raison. Elle n'a rien inventé, elle n'a pas assez d'imagination pour ça!

Ça, c'était pas mal moins gentil, mais je n'ai pas protesté.

— C'est normal que tu dises comme elle, tu es son amie, a fait Amélie Saint-Arnaud.

— Tu es jalouse parce que tu n'en as pas! a rétorqué Stéphanie.

— C'est vrai, ai-je ajouté.

Amélie Saint-Arnaud s'est jetée sur moi, et on a commencé à se battre. Mon père n'aime pas tellement que je me batte, mais moi, je n'aime pas tellement me faire narguer par une imbécile.

M. Boudreault nous a séparées en disant qu'on devrait avoir honte de se conduire ainsi. J'ai souhaité qu'il y ait une lettre anonyme pour lui le lendemain!

J'étais heureuse d'être réconciliée avec Stéphanie, mais je ne voulais pas laisser tomber Yani. Comment faire pour les fréquenter toutes les deux sans les fâcher? Si seulement Félix Tremblay avait été dans une autre école! Il l'aurait trouvée sûrement très, très calme!

Puisque, le lendemain, le Corbeau avait livré trois autres lettres!

Une pour Annie Martel, une pour Capucine Roy et une pour Alexis Dugas. Alexis était accusé de sucer encore son pouce en cachette! Je n'ai jamais vu quelqu'un d'aussi en colère! Il a donné des coups de pied dans tout ce qu'il y avait autour de lui, et un des cailloux touchés a rebondi et cassé une vitre du gymnase.

Évidemment, Mme Ouellette est accourue. Elle a fait une drôle de tête quand on lui a appris qu'on recevait, nous aussi, des lettres anonymes.

— Ce n'est pas une raison pour tout casser, a-t-elle dit. Mais son ton man-

quait de conviction! Elle a cependant demandé qui avait brisé la vitre.

— Alexis, tu iras t'expliquer avec le
directeur et tu demanderas à tes parents
de me téléphoner ce soir, sans faute.

Là, elle exagérait! Alexis n'était pour
rien dans cette histoire! Le caillou avait
rebondi tout seul, et Alexis n'aurait jamais frappé le caillou sans la lettre! Le
seul responsable du dégât était l'auteur
des lettres. Le Corbeau semait la zizanie
dans l'école entière!

Chapitre V
À qui profite
le crime?

J'aime bien l'action, mais les récents événements étaient d'un goût plutôt douteux. Il fallait faire quelque chose pour que ça cesse!

J'ai dit à Stéphanie que Yani pourrait nous aider à démasquer le Corbeau, mais elle a refusé.

— Tu veux la mêler à notre enquête? Nous sommes habituées de nous débrouiller ensemble pour résoudre les mystères! Elle ne connaît rien à nos méthodes!

— Elle est très douée en sciences. Elle sait peut-être prendre les empreintes digitales! Elle a des tas de poudres et de produits chimiques pour ses bibites.

Stéphanie a froncé les sourcils avant de bégayer:

— Les… les empreintes? Mais non! C'est inutile! Le coupable a sûrement mis des gants!

— Peut-être que non.

— Sûrement! À moins d'être idiot.

— Rien ne nous dit que l'ennemi est intelligent: c'est bien facile de prétendre n'importe quoi dans une lettre anonyme!

Stéphanie s'est mordu la lèvre, mais n'a rien ajouté.

La découverte des trois nouvelles lettres a semé la panique parmi les élèves. Maintenant, tous craignaient d'aller à l'école et de trouver un de ces maudits papiers. Papiers qui n'étaient jamais au même endroit. Comme ça, on ne pouvait pas guetter un emplacement suspect et pincer l'adversaire.

Il y avait de plus en plus d'élèves qui essayaient de ne pas venir en classe. Ils disaient qu'ils avaient mal au ventre. C'était vrai: de peur! Les professeurs s'inquiétaient aussi, ainsi que le directeur.

Mais c'est surtout le cuisinier de la cafétéria qui détestait la situation. Chaque midi, il nous répétait que sa nourriture était bonne, et que les microbes flottaient dans l'air, pas dans sa soupe. La preuve: les professeurs qui mangeaient avec nous n'avaient pas mal au ventre.

Pour les microbes, j'étais d'accord,

mais sa bouffe est infecte. Même les gâteaux rabougris de mon père sont meilleurs que les siens!

Et l'ambiance était encore pire que les desserts du chef! Tout le monde se méfiait de tout le monde. Plus personne ne se parlait!

— Il faut faire quelque chose! me répétait Stéphanie.

Je savais bien qu'elle voulait trouver le coupable pour que Félix Tremblay l'admire. Chaque fois qu'il passait près d'elle, dans la cour ou dans les corridors, elle cessait de respirer et semblait paralysée. Elle était vraiment en amour!

Elle voulait aussi démasquer l'auteur des lettres avant d'être attaquée à son tour. Elle tremblait, elle aussi, à l'idée des futures révélations! Si l'ennemi parlait de M. Pépin, le prof d'histoire de qui elle avait été amoureuse, elle serait la risée de tous.

— Tu as raison, il faut agir, ai-je dit. Mais comment? Nous n'avons aucune piste!

— Il faut absolument trouver à qui le crime profite!

— À quelqu'un qui veut se venger!

— Ou qui est jaloux!

— Jaloux de quoi? De qui? ai-je demandé.

— De tous ceux qui ont reçu une lettre. Tous les élèves qui ont été attaqués sont populaires, même Amélie Saint-Arnaud. Ça doit être quelqu'un qui n'a pas d'amis et qui vous envie qui écrit ces lettres.

— Peut-être... Mais personne ne peut envier les profs! Ça serait plutôt quelqu'un qui les déteste. Un élève qui a triché et qui a été puni?

— Il n'écrirait pas aux élèves, a protesté Stephy. Non! Le Corbeau est jaloux de ta popularité!

J'étais flattée que Stephy reconnaisse que je plaisais, mais il y avait un truc bizarre:

— Les lettres des professeurs sont pleines de fautes. Pas celles qui nous sont destinées!

— Ah! a fait Stéphanie.

— C'est étrange, non?

— Quand la personne écrit aux profs, elle fait des fautes exprès pour les narguer!

Ça pouvait être une explication. Mais

pas un indice!

— Il faut faire la liste des élèves qui n'ont pas beaucoup d'amis, a insisté Stéphanie.

Je n'étais pas convaincue. Cependant, je n'avais rien d'autre à proposer, j'ai donc pris une feuille blanche et un crayon, et on a dressé une liste. Il y avait Alice Dubois et Johanne Nadeau, mais ça ne comptait pas parce qu'elles étaient toujours ensemble.

Comme André Toupin et François Rioux qui passent leur temps à la bibliothèque et ne parlent à presque personne. Hubert Guay est souvent seul aussi parce qu'il est gros: les gars ne veulent pas

l'avoir dans les équipes sportives, car il n'est pas très rapide. C'est bête, il est vraiment gentil. Je me suis juré de lui parler plus souvent.

— Il y a le nouveau. Justin Boutet. Et la nouvelle.

— Yani? Voyons! C'est stupide. Yani déteste les lettres anonymes! Et puis, elle a des amis.

— Ah, j'oubliais! Toi et Félix Tremblay! a dit Stéphanie d'un ton pincé.

Je n'ai pas répondu, car je n'avais pas envie de me disputer encore avec elle. Il valait mieux mettre au point le déroulement de notre enquête.

On a convenu qu'il fallait désormais arriver les premières à l'école pour surveiller ce qui se passait. L'ennemi devait déposer ses lettres empoisonnées à l'abri des regards. Soit après la fin des cours quand les classes sont vides, soit avant le début des cours quand personne n'est encore arrivé.

— Le Corbeau circule facilement dans l'école. Il connaît bien les horaires et les élèves.

— Et les profs, a ajouté Stéphanie. Il faut que ce soit l'un ou l'autre!

— Un prof n'a aucune raison de nous envoyer des lettres!

— C'est un élève, c'est ce que je te disais!

— Et les feux?

— Les feux? s'est étonnée Stéphanie.

— Ils se sont déclarés pendant les cours: il faut trouver quel élève était absent de la classe au moment des incendies.

— On peut avoir déposé un produit chimique qui s'enflamme à retardement. Comme un bâton de dynamite! L'élève était donc parmi nous quand le feu a pris... Mais tu crois vraiment qu'il y a un rapport entre les feux et les lettres?

Je n'en savais rien, cependant il ne fallait rien négliger.

Nous devions découvrir qui rôdait dans l'école au moment des incendies. Ou qui était bon en chimie. Ensuite, il fallait savoir si cette personne avait traîné après les cours ou était arrivée très tôt le matin.

— C'est peut-être un des employés chargés de l'entretien, ai-je suggéré.

— Pour quelles raisons enverrait-il des lettres?

— Parce qu'on l'énerve! Parce qu'on salit tout! Il doit être fatigué de faire le ménage derrière nous!

— Non, c'est stupide.

— Merci, Stéphanie. Toi qui es si brillante, tu as d'autres idées?

— Le cuisinier: on se plaint tous les jours de sa bouffe, on la jette dans les pots de fleurs. Il doit être vexé.

— Comment pourrait-il savoir que je suis allée à *Disneyworld?* Réfléchis un peu!

— Oui, dit Stéphanie. C'est quelqu'un qui te connaît bien qui a pu écrire ça…

— Mais des tas d'élèves me connaissent bien: ça fait des années que je vais à la même école!

Stéphanie a soupiré, visiblement mécontente. Mais quand je lui ai demandé pourquoi elle était furieuse, elle a dit qu'elle n'était pas furieuse du tout. Puis elle a dit qu'elle en avait assez de cette histoire!

J'étais surprise: Stephy a toujours été hyper curieuse! Elle devait avoir encore plus peur que je ne l'imaginais.

— Tu sais, ai-je dit pour la calmer, c'est pas mal dur sur le moment, mais ce n'est pas la fin du monde.

— Quoi?

Elle était dans la lune, à rêver à Félix!
Une enquêtrice amoureuse est une enquêtrice nulle!

— Quoi? Recevoir une lettre, voyons!
Ce n'est pas un drame!

— Je le sais.

Stéphanie m'énerve tellement quand
elle prend son air supérieur de mademoiselle-je-sais-tout!

— Tu ne peux pas savoir, tu n'en as
pas reçu! Tu verras ce que ça te fera!

Je n'avais plus du tout envie de la rassurer!

Chapitre VI
L'inondation

Mercredi, quand la cloche du premier cours a sonné, personne n'aurait pu deviner qu'il n'y aurait justement pas de premier cours! Amélie Saint-Arnaud qui est toujours la première à entrer dans la classe a poussé un grand cri.

— Mes souliers neufs! a-t-elle hurlé.

Elle avait les pieds trempés! Car l'ennemi avait introduit un boyau d'arrosage par une des fenêtres de la classe. Il avait vissé le boyau aux robinets de la cafétéria et ouvert l'eau froide!

Ce n'était pas une grosse inondation, mais c'était suffisant pour qu'on doive quitter notre salle de cours. Mme Ouellette avait l'air aussi furieuse que découragée!

Les élèves des classes voisines sont venus voir ce qui se passait. Les profs ont décidé de nous envoyer tous à l'auditorium. M. Boudreault nous a accompagnés tandis que Mme Ouellette allait prévenir le directeur. Avant de nous quitter, elle nous a dit, comme d'habitude, qu'elle comptait sur nous pour rester tranquilles.

Le directeur, après avoir vu l'inondation, est venu nous parler à l'auditorium. Il a reconnu que l'heure était grave, très grave parce qu'un criminel s'amusait à saboter notre belle école.

— Je ne voulais pas vous inquiéter, mais les deux incendies de la semaine dernière n'étaient pas accidentels! Et la multiplication de ces affreuses lettres ne l'est pas non plus. On nous calomnie, vous comme moi, pour détruire l'esprit fraternel qui a toujours habité notre collège.

Il s'est raclé la gorge avant d'ajouter:

— Je tiens à vous rassurer: j'ai communiqué avec les autorités policières qui nous enverront aujourd'hui un détective. Je compte sur votre collaboration! Il faut aider M. Trépanier, l'enquêteur, à découvrir la personne qui veut notre perte.

Et cetera, et cetera, et cetera. Notre directeur adore faire des discours; il a continué un bon moment. Je ne l'écoutais pas vraiment, plus intéressée à observer mes camarades. J'essayais de deviner qui était inquiet à l'annonce de l'arrivée d'un détective. C'était difficile, car tout le monde était surexcité.

Stéphanie était particulièrement énervée, mais elle avait une bonne raison. Elle n'appréciait pas plus que moi la concurrence! Nous avions commencé à enquêter les premières. C'était déjà assez ardu comme ça, sans avoir un professionnel dans les jambes!

Il fallait interroger nos amis sans éveiller leur méfiance, sans insister. Non seulement ils étaient sur leurs gardes à cause de ces fichues lettres, mais surtout, ils ne se souvenaient pas de ce qu'ils avaient fait quelques jours auparavant! Nos questions étaient pourtant simples!

Tout ce qu'on pouvait espérer, c'est que les élèves n'en diraient pas davantage au détective! Stéphanie et moi étions bien décidées à garder secrètes nos hypothèses!

Yani, elle, croyait qu'il valait mieux nous mêler de nos affaires.

— C'est parce que personne ne t'a attaquée! lui ai-je dit. Tu t'en préoccuperais si c'était de toi dont on s'était moqué par lettre!

Yani a fait une petite moue:

— Je ne changerais pas d'idée! (Stéphanie et elle se ressemblaient sans le savoir!)

— Il n'y a que les insectes qui t'intéressent! ai-je dit.

— Pourquoi pas? Je t'ai déjà parlé de la chenille du sphinx? J'en ai trouvé une près d'un banc après le cours de maths, mercredi! Le papillon est fantastique! Il plonge une longue trompe dans le calice des fleurs et il vole sur place comme un colibri!

Mercredi? Oh non! Je devais mettre Yani sur la liste des suspects. Elle avouait elle-même être restée à l'école après le dernier cours, mercredi. Et c'est le jeudi qu'on avait découvert les quatre lettres!

Était-ce elle qui les avait déposées après le départ des élèves? Pourquoi? Je ne lui avais rien fait! Au contraire; je l'avais invitée chez moi!

Je devais toutefois admettre que j'avais parlé avec Yani de mon voyage à *Disneyworld*. En était-elle jalouse? Quant aux autres victimes, il était possible qu'elle ait eu des renseignements en traînant dans la cour. Elle faisait peut-être semblant de collectionner les insectes. Je ne savais plus quoi penser!

Je ne pouvais pas oublier que Yani m'avait menti à propos de Félix Tremblay. Elle me cachait peut-être autre chose. Mais je ne pouvais pas en discuter avec Stéphanie! Elle aurait été trop contente!

En continuant à parler avec Yani, j'ai fini par comprendre qu'elle partait toujours très tard de l'école. Et j'avais remarqué qu'elle était toujours présente avant moi le matin…

Elle n'avait pas d'amis, excepté moi. Elle se trimballait toujours avec une boîte d'allumettes. Si elle m'avait souvent répété qu'elle trouvait les lettres anonymes odieuses, c'était pour détourner mes soupçons!

Il fallait que j'en aie le coeur net! Que je sache la vérité sur Yani!

***

Quand la cloche a sonné la fin des cours, je me suis cachée dans le vestiaire et j'ai surveillé Yani. Elle prenait son temps pour enfiler son blouson, fermer

son cadenas, ramasser son sac d'école.
Et elle ne cessait de regarder autour
d'elle comme si elle craignait qu'on la
voie s'attarder ainsi.

Elle s'est enfin décidée à quitter le vestiaire. Elle a monté très lentement l'escalier qui mène aux salles de cours. Je l'ai suivie en souhaitant qu'elle n'entende pas les marches craquer! Elle est restée quelques secondes dans le corridor, puis elle s'est dirigée vers la sortie.

Je n'y comprenais plus rien! J'étais persuadée qu'elle allait sortir une lettre de son sac et la cacher dans une des salles de cours! Pourquoi restait-elle, alors?

Dans la cour, elle marchait encore moins vite qu'une tortue! Et c'était pire dans la rue: elle se traînait vraiment les pieds! Elle s'arrêtait continuellement; j'aurais juré qu'elle redoutait d'être épiée. J'étais gênée de l'espionner, mais c'était la seule solution!

Elle s'est dirigée vers le parc des Oiseaux et là, elle s'est assise sur un banc. Puis elle a regardé sa montre. Une fois, deux fois, trois fois: elle attendait sûrement quelqu'un! Elle avait sorti une boîte d'allumettes et la tenait fermement contre elle, comme si elle avait peur qu'elle s'envole!

J'ai réussi à m'approcher du banc en

courant d'arbre en arbre. Je me suis dissimulée derrière le gros tronc d'un érable. J'ai dû attendre dix minutes avant qu'il ne se passe quelque chose! J'étais aussi impatiente que Yani qui regardait de plus en plus souvent sa montre.

Enfin, celui qu'elle attendait est arrivé: un garçon avec une veste en jean déchirée. Il avait les cheveux roux, mais pas beaucoup de taches sur le visage. Yani avait l'air super contente de le voir; je ne l'avais jamais vue sourire autant.

Elle lui a donné tout de suite sa boîte d'allumettes. Il lui en a tendu une semblable. Elle l'a ouverte en poussant des cris de joie. Elle sautait, elle dansait en le remerciant sans arrêt! J'aurais bien voulu voir ce qu'il lui avait remis. Elle l'a embrassé sur la joue, puis ils se sont ensuite séparés.

J'étais tentée de suivre le garçon, mais j'ai continué à filer Yani.

Et je l'ai vue entrer dans la maison du directeur! Elle avait la clé: c'était donc là qu'elle habitait!

Yani, la fille du directeur? Comment aurait-on pu imaginer une chose pareille?

Chapitre VII
Congé d'école!

Je finissais de beurrer mes rôties quand papa a ouvert le poste de radio. Il voulait savoir s'il ferait beau durant la fin de semaine. Je l'espérais autant que lui, car nous devions aller au chalet de son ami Jean-Marc.

— Il faut en profiter avant l'hiver, commença papa.

— Chut! On parle de mon école!

Nous répétons cette information de dernière heure: une explosion s'est produite au collège Nouvelle Cité, causant des dommages importants à l'aile gauche du bâtiment. Par conséquent, les élèves sont priés de ne pas se présenter à leurs cours aujourd'hui.

Le directeur affirme que le collège sera en mesure d'ouvrir ses portes lundi matin: «Nos professeurs

donneront leurs cours dans l'audi-
torium ou le gymnase s'il le faut,
mais nous ne nous laisserons pas
intimider.» Le directeur étant per-
suadé que l'explosion est due à des
manoeuvres criminelles.

— Eh bien! a fait papa. Je n'aime pas tellement te savoir dans cette école, Catherine... L'incendie dans l'auditorium n'était donc pas un accident?

— Je ne sais pas...

J'étais tentée de raconter ce qui s'était passé à papa, mais il n'aurait jamais voulu que je retourne au collège. Et je ne voulais pas lui avouer que j'avais déchiré la lettre du directeur. Il avait convoqué les parents après l'inondation pour les rassurer. Car évidemment, plusieurs élèves avaient tout répété à leurs familles.

Stephy aussi avait dû jeter la lettre, puisqu'elle devait enquêter. Elle avait cependant une voix bizarre quand je lui ai téléphoné.

— Tu as appris qu'il y a eu une explosion?

— Oui.

68

— Il faut qu'on se voie!

— On ferait mieux d'abandonner, Cat.

Je n'en croyais pas mes oreilles! Elle affirmait le contraire la veille!

— Quoi? Es-tu malade?

— C'est trop dangereux!

— On a vécu des aventures bien plus graves, Stephy!

— Justement: inutile de risquer notre vie une autre fois!

— Mais j'ai découvert quelque chose d'extraordinaire! Tu avais raison à propos de Yani!

— Quoi?

— Si tu veux en savoir plus, viens chez moi. J'ai dit à papa qu'on profiterait de cette journée de congé pour étudier.

— Il t'a crue?

— Je ne sais pas. Mais il est d'accord pour que tu viennes.

Mme Poulin est venue conduire Stéphanie à dix heures. On a bu un lait aux fraises, puis je lui ai raconté ma filature. Stéphanie n'arrêtait pas de m'interrompre.

— Tu es certaine que le garçon qu'elle a vu n'était pas Félix Tremblay?

— Évidemment, Stephy!

— Et elle est amoureuse de lui?

— Je ne lui ai pas demandé! ai-je dit. Mais elle l'a embrassé sur la joue.

— Ah! Super!

— Oui, bon, je peux continuer? Je m'impatientais: il n'y avait que l'histoire d'amour qui intéressait mon amie.

— Mais elle était contente de lui parler?

— Oui, oui, oui et ensuite elle a serré contre elle la boîte qu'il lui a donnée comme si elle contenait un diamant!

— Ah!

Stéphanie semblait ravie et déprimée à la fois: je la comprenais de moins en moins! Elle détestait Yani, et j'admettais qu'elle avait vu juste. Elle aurait dû sauter de joie!

— J'ai suivi Yani après le départ du gars, et elle est rentrée chez elle... Chez elle, c'est chez le directeur! Yani est la fille de M. Lemelin!

— C'est impossible!

— Non! Tu avais bien deviné! Yani doit être super fâchée contre son père pour causer toutes ces catastrophes! Tout se tient! Elle a pu trouver les clés de l'école et s'y introduire facilement et quand elle le voulait! Et le directeur ne se méfiait pas d'elle!

Yani a écrit les lettres parce qu'elle trouve qu'on ne s'occupe pas d'elle! Elle est toujours dans son coin avec ses insectes. De plus, elle traîne toujours des boîtes d'allumettes!

— Mais elle vient juste d'arriver à l'école: elle ne pouvait pas savoir qu'Amélie est un porte-panier.

— C'est facile à deviner; elle a été perspicace, c'est tout. Elle est très, très intelligente, tu sais. La preuve: la première lettre était destinée à son père, pour détourner les soupçons!

— Mais c'est ton amie! Elle n'aurait pas écrit une lettre pour t'accuser de mensonge...

— Ce n'était pas une vraie amie!

Stéphanie se mordait les lèvres et tortillait sa mèche sans arrêt.

— Tu ne peux pas dire ça, a-t-elle bredouillé.

— Je ne te comprends plus! ai-je explosé. Tu ne sais pas ce que tu veux à la fin!

Stéphanie a éclaté en sanglots. Je ne savais pas quoi faire. Je ne voulais pas être bête avec elle, mais son attitude était si étrange! Je n'arrêtais pas de lui dire que je m'excusais, et elle répétait:

— Non, c'est moi qui m'excuse! Pardonne-moi, Cat!

— Te pardonner quoi?

— C'est moi qui ai écrit les lettres!

Quoi! Stéphanie était tombée sur la tête!

— Qu'est-ce que tu dis?

— J'ai écrit les lettres des élèves, car je voulais qu'on accuse la nouvelle. Si tout le monde se mettait à la détester, elle devrait quitter l'école!

— Tu voulais qu'elle parte à cause de Félix Tremblay?

— Oui. Et à cause de toi. Tu dis que tu es ma meilleure amie, mais tu es presque toujours avec Yani!

— C'est toi qui m'a poussée vers elle!

— Je ne pensais pas que tu la trouverais mieux que moi!

— Je ne la trouve pas plus ni moins fine que toi! Vous vous ressemblez!

J'étais un peu fâchée contre Stéphanie, mais en même temps, j'étais contente d'apprendre que Yani n'avait pas écrit les lettres. Cependant, Yani avait peut-être causé les dégâts: il fallait la convaincre de tout avouer à son père avant que le détective et les journalistes ne s'en mêlent!

Stéphanie voulait réparer sa bêtise.

— Je vais dire la vérité à Yani! Tout est ma faute!

Il faut toujours qu'elle exagère!

— Tu n'as quand même pas mis le feu ni inondé la classe…

— Mais ce n'est pas Yani non plus! Elle est plutôt sage. Et même timide.

Rien ne prouve que c'est elle! On ne l'a pas prise sur le fait!

— C'est qui alors?

— Je n'ai pas écrit les lettres à son père ni à Mme Ouellette. Crois-tu que Yani pourrait toujours prendre les empreintes?

— Elle pourrait subtiliser la lettre du directeur!

— Espérons qu'il ne l'a pas jetée!

Selon la réaction de Yani, nous saurions la vérité. Si elle était coupable, elle refuserait de nous aider, de peur de dévoiler ses propres empreintes. Si elle était innocente, on lui raconterait tout, et elle nous aiderait dans notre enquête!

Nous avons décidé d'en avoir le coeur net.

— Elle doit être à l'école avec son père!

— Allons-y! On fera comme si on n'avait pas entendu les informations à la radio.

Au collège, il y avait encore une voiture de police, et on nous a interdit d'entrer dans l'école. J'ai dit que j'avais oublié mes devoirs de maths, mais ça n'a pas marché. L'officier a même rigolé:

— Tu es vraiment si pressée que ça de faire des calculs?

— Il n'y a pas d'élèves qui sont entrés, alors?

— Non. Aucun. Des experts évaluent les dégâts, et on ne veut pas de jeunes qui pourraient se blesser.

J'ai failli lui dire que je n'étais pas un bébé, mais Stéphanie a insisté à son tour.

— Vous êtes certain qu'aucune fille de notre âge n'est venue ici? Une fille avec des beaux cheveux longs et des grands yeux?

— Avec le directeur? ai-je ajouté.

— Le directeur a d'autres chats à fouetter que de garder une gamine! Allez, rentrez chez vous!

Où était donc Yani?!

— Allons chez elle.

Chapitre VIII
Une piste?

Non, Yani n'était pas à la maison. Et Mme Lemelin a paru très soucieuse quand je me suis présentée.

— Tu es Catherine?

— Oui, et voici Stéphanie. On a congé d'école, comme vous savez, et on voudrait jouer avec Yani.

— Tu es Catherine Marcoux? m'a répété Mme Lemelin. Attends!

Elle est revenue et nous a montré un bout de papier où était écrit mon nom et mon numéro de téléphone.

— Elle m'a dit qu'elle passait la journée chez toi!

— Ah!... Votre fille et moi devons nous être trompées. Je croyais que c'était moi qui venais chez vous, Mme Lemelin.

— Ma fille? Yani est ma nièce. J'imagine qu'elle ne vous en a rien dit...

Mme Lemelin nous a expliqué que les parents de Yani l'avaient inscrite à la

Cité Nouvelle, car il n'y avait plus de place à l'école du quartier où ils venaient d'emménager.

— Mais elle habite ici, non?

— Pour le mois, le temps qu'on finisse les travaux dans leur maison. C'est plus calme pour étudier. Mais elle avait si peur qu'on découvre que son oncle est le directeur de l'école! Elle l'adore, mais c'est embarrassant…

— Elle l'aime vraiment?

— C'est son oncle préféré! Je vais appeler à l'école; elle doit l'avoir rejoint!

Stephy et moi avons secoué la tête ensemble. Nous étions déjà allées à l'école et Yani n'y était pas.

— Où est-elle donc passée? a gémi Mme Lemelin.

— Chez moi, sûrement. Elle doit m'attendre. C'est curieux qu'on ne se soit pas croisées en chemin!

— Allons vite la retrouver, a dit Stéphanie.

— Et appelez-moi aussitôt! nous a fait promettre Mme Lemelin.

Stéphanie et moi, on marchait en silence, plutôt embêtées. Où était Yani? Tout à coup, un papillon a voleté sous notre nez. Stephy m'a regardée: nous avions la même idée, le parc des Oiseaux.

— Elle est allée retrouver son amoureux! a crié Stéphanie.

— Dépêchons-nous!

Nous avons couru jusqu'au parc où nous avons trouvé Yani. Dès qu'elle nous a vues, elle s'est mise à m'insulter!

— Espèce de sale espionne! Tu es pire qu'Amélie Saint-Arnaud! Tu n'avais pas le droit de me suivre! Maintenant, tu peux aller tout raconter à l'école! Je n'y retournerai jamais! Je vais quitter Montréal, et vous ne me verrez plus!

Oupse! Yani avait découvert que je l'avais suivie…

— C'est ma faute! a dit Stéphanie. Écoute-moi, Yani. Cat ne t'aurait pas suivie si je ne l'avais pas mise sur ta piste! Tout est ma faute!

— Quoi?

Stéphanie s'est rapprochée de Yani et lui a expliqué le coup des lettres. Puis elle s'est excusée. Et a juré, comme moi, que nous tairions sa parenté avec le directeur.

— Voilà l'explication, a dit Yani. Je me demandais pourquoi la lettre de mon oncle et celle de Mme Ouellette étaient pleines de fautes et pas les autres! Un premier point est éclairci!

— Tu t'intéresses maintenant à cette histoire? ai-je demandé.

— Depuis le début, mais je ne te connaissais pas assez pour te faire confiance. Je voudrais trouver le coupable pour faire plaisir à mon oncle!

— Peux-tu relever des empreintes sur sa lettre?

Yani a secoué la tête:

— Non, il a remis la lettre à l'enquêteur... On n'a aucune piste... Mais lui non plus.

— Allons chez Catherine et écrivons noir sur blanc le calendrier des événements, a proposé Stephy. Peut-être que ça nous aidera?

Nous n'avons pas noté la découverte des lettres de Stéphanie, évidemment! La liste était assez courte:

Le 6 septembre: Premier incendie et lettre à M. Lemelin.

Le 8 septembre: Deuxième incendie.

Le 11 septembre: Lettre à Mme Ouellette.

Le 13 septembre: Inondation.

Le 15 septembre: Explosion.

— On n'a même pas une série de jours pairs ou impairs, commenta Yani.

— Attends, écrivons les jours de la semaine!

Les incidents avaient toujours lieu les lundis, mercredis et vendredis!

Il nous fallait trouver qui venait à l'école seulement ces jours-là!

— Grâce à tes lettres, la piste est brouillée pour le détective! a dit Yani à Stéphanie. Il va inscrire aussi les jours où les élèves ont reçu des lettres! On va trouver avant lui! Super!

Qui pouvait avoir une raison d'aller à Cité Nouvelle trois jours par semaine?

— Il y a le prof de dessin: elle ne vient pas tous les jours, il faudrait vérifier son horaire, a dit Yani.

— Mais quel serait son motif? a objecté Stephy. Elle aime bien le collège; elle y travaille depuis des années! Le Corbeau est quelqu'un qui cherche à se venger. Et qui se croit supérieur à tous pour oser le faire!

— Mais se venger de quoi? D'une mauvaise note? On n'a pas encore eu un seul contrôle!

— Et si c'était un élève qui n'a pas

été admis à l'école? Il peut faire du sabotage pour se venger d'être exclu.

— On peut aussi être exclu après avoir été admis! a ajouté Yani.

— Oui! Il nous faudrait la liste des élèves qui ont été renvoyés l'an dernier. Qui en veulent au directeur et à Mme Ouellette. Ils sont les seuls à avoir reçu des lettres.

Yani avait l'air songeuse et elle nous a dit qu'elle essaierait de se procurer les noms de ces élèves. La liste existait, son oncle en avait remis une copie au détective.

— C'est sûrement un grand, a affirmé Stéphanie. Mme Ouellette enseignait avant aux plus vieux.

— Il nous faut aussi un bottin des élèves avec des photos. Sinon, les noms ne nous serviront à rien…

Yani avait raison; c'est en comparant les noms de la liste avec les photos qu'on reconnaîtrait peut-être notre ennemi. Nous avions probablement vu le Corbeau rôder dans les corridors de l'école, mais alors nous ne le connaissions pas.

— Mais Mme Ouellette ou ton oncle auraient pu l'identifier. Et les élèves avec qui il étudiait avant.

— Il circule donc quand tout le monde est en classe…

— Non! avant le début des cours! Les incidents ont toujours lieu tôt le matin.

— Qui entre avant les élèves à l'école?

Yani a claqué des doigts:

— Le cuisinier! Les employés de l'entretien! Et les livreurs! On vient porter le lait vers sept heures et demie. Même chose pour le pain. La viande, je ne sais pas. Mais j'ai vu plusieurs fois le camion du laitier!

— Le laitier?

— Et quand il passe chez nous, il est toujours avec un apprenti, a fait remarquer Stéphanie.

Nous disposions de toute la fin de semaine pour nous procurer la liste et un bottin. Et le lundi, nous n'aurions qu'à prendre notre Corbeau sur le fait. Avant qu'il ne commette un autre attentat!

— Où trouver l'ancien bottin des grands? a dit Yani. Mon oncle les conserve à l'école, et c'est fermé samedi et dimanche…

Stéphanie avait un drôle d'air en suggérant à Yani de demander à Félix Tremblay.

— À Félix? Pourquoi?

— Il a une grande soeur. Mme Ouellette lui enseignait l'an dernier. Tu ne le savais pas?

— Je connais sa soeur Sophie, mais…

— Mais quoi?

— Il m'intimide, Félix. Demande-lui, toi, Stéphanie. Il te trouve belle, il va dire oui.

Stéphanie avait les yeux aussi ronds que les anneaux de ses boucles d'oreille.

— Je pensais que vous étiez amis…

— C'est seulement mon voisin dans ma nouvelle maison. Il sait que je suis la nièce du directeur. Il l'a vu chez mes parents. Mais il a promis le secret.

— Bon, c'est parfait: Stephy va chercher le bottin, Yani la liste, et on se retrouve chez moi à la fin de l'après-midi. Dépêchez-vous, on va rater l'autobus. Ah oui, j'oubliais, ta tante s'inquiète, Yani, tu ferais mieux de rentrer tout de suite!

Yani rougit, toussa un peu avant de murmurer qu'elle devait rester encore un moment au parc.

— Pourquoi?

— Viens, Cat, tu ne comprends pas.

Yani attend son amoureux.

— Ce n'est pas vraiment mon amoureux. Mais Jean est super: on s'échange nos insectes. Hier, il m'a donné la chenille d'une Saturnie!

— Une Saturnie? Avec les lunes dans les ailes?

— Tu vois que tu t'y intéresses aussi, Cat! a fait Yani en riant.

— C'est sûrement formidable, a dit Stéphanie. Mais l'autobus ne nous attendra pas!

— Bon, je vais appeler ta tante et lui dire qu'on t'a retrouvée et...

Je n'ai pas fini ma phrase: Stéphanie me tirait par la manche de toutes ses forces.

Elle courait presque, tellement elle avait hâte de voir Félix!

Chapitre IX
Le Corbeau

— Chut! On va nous entendre! a marmonné Yani.

— Vous allez tout faire rater! a dit Félix qui avait voulu venir avec nous.

Ils étaient très nerveux. Stephy et moi aussi, mais moins, car ce n'était pas notre première enquête! Nous étions arrivés plus tôt à l'école pour mettre au point notre piège. J'avais de la chance: papa était parti à six heures et demie, ce matin. Il fallait qu'il aille à Québec.

La mère de Stéphanie avait tellement de travail avec sa petite soeur qu'elle n'avait pas remarqué que Stephy quittait la maison plus tôt que d'habitude.

Félix avait prétexté un devoir à recopier avant le début des cours. On l'avait grondé, mais il avait pu partir à sept heures. Yani, elle, arrivait toujours de bonne heure, elle n'avait donc pas eu d'explication à fournir. Et elle avait réussi à subtiliser la liste. Et la clé de la porte de la cuisine.

Nous nous étions cachés dans le garde-manger. Il est tellement vaste qu'on y tenait tous les quatre facilement! Nous avions découpé les photos de nos suspects: deux avaient été expulsés l'année précédente. On identifierait vite le coupable!

Le cuisinier est arrivé et a commencé à sortir les ingrédients nécessaires à la composition du repas du midi. À le voir travailler, ça promettait d'être bon. Mais il devait tout gâcher à la fin.

— J'ai chaud! a dit Stéphanie. On étouffe ici! Il…

— Chut! Voici le laitier.

Le laitier arrivait avec son carnet de commandes et discutait avec le cuisinier.

— On vous livre autant de lait, cette semaine?

— Oui, oui… Votre gars n'est pas avec vous, ce matin?

— Oui, mais il traîne, comme d'habitude. Un vrai paresseux! Tiens, le voilà!

Même si on ne le voyait que par la fente de la porte, nous l'avons reconnu immédiatement: Toni Drouin! Il niaisait

toujours devant la cour de l'école l'an
dernier après avoir été renvoyé. Il avait
brisé des vitres et jeté des pupitres par
les fenêtres avant de faire un gâchis dans
le laboratoire.

Toni Drouin avait essayé de se faire
pousser une moustache. Mais elle était
minable et ne changeait pas beaucoup
son visage. Il a trimballé plusieurs
caisses de lait et des boîtes de beurre
tandis que son patron parlait avec notre

cuisinier.

— Prenez donc un petit café avant de continuer votre route, a suggéré le cuisinier.

— Merci. Votre café me fait toujours du bien. Toni, va m'attendre dans le camion. Je n'en ai pas pour longtemps!

Toni a filé aussitôt. On a compris: il allait commettre un autre crime! Nous avons bondi hors du garde-manger comme des ressorts! Les deux hommes nous ont regardés sans bouger, trop surpris.

Nous avons quitté la cuisine en silence, nous efforçant de rattraper Toni Drouin sans qu'il nous voie. Il a grimpé dans le camion et en est ressorti avec un petit bidon d'essence.

Il voulait encore mettre le feu!

Je n'ai pas eu le temps de retenir Yani, elle a crié:

— Arrête! Pose ton bidon, espèce de parasite!

Yani déteste par-dessus tout les parasites qui dévorent les larves des papillons!

Toni Drouin était tellement surpris qu'il a lâché son bidon. Puis il s'est mis à courir vers la porte de la cour, mais elle était fermée. Sans la clé de Yani, nous n'aurions pas pu entrer dans l'école.

Toni Drouin l'avait oublié: il était habitué d'arriver par l'entrée des fournisseurs. Il était plus grand que nous, seulement nous étions quatre! Comme les mousquetaires! On s'est jetés sur lui tous ensemble!

Nous l'avons vaincu, évidemment! Stéphanie a pris sa ceinture de cuir pour

lui attacher les pieds, et Félix a utilisé la sienne pour lui maintenir les poignets dans le dos.

Devant le laitier et le cuisinier qui servaient de témoins, on a obligé Toni à avouer ses méfaits. Il a reconnu avoir écrit des lettres, mis le feu, inondé la classe et causé l'explosion. Son patron l'a renvoyé sur-le-champ:

— Quand je pense que je t'ai embauché pour te donner une chance après ton renvoi! Et parce que M. Lemelin me l'avait demandé! Il va être déçu!

— Mon oncle sera là à sept heures et demie pile, a juré Yani qui lui avait téléphoné. Il est maniaque de l'exactitude.

M. Lemelin a fait une drôle de tête quand il nous a vus entourant un Toni Drouin solidement ficelé. Puis il a écouté nos explications.

— Je n'approuve pas vraiment vos méthodes, les enfants! C'était dangereux: ce Toni nous a toujours causé un tas de problèmes! Nous allons régler son cas maintenant... Je vous félicite tout de même! Vous êtes vraiment futés! Je vous emmène samedi prochain à la Ronde ou au Jardin botanique pour vous remercier!

— On va visiter l'Insectarium? a demandé Yani. Tu verras, Cat, c'est génial!

Stéphanie n'écoutait pas. Même si Félix Tremblay avait l'air gêné, elle ne pouvait s'empêcher de le contempler!

Elle ne changera donc jamais?

— Il nous reste les étoiles et les insectes! ai-je dit à Yani qui riait.

Un papillon monarque est passé près de nous à ce moment comme pour nous approuver!

Table des matières

Achevé d'imprimer
sur les presses de Litho Acme Inc.
3e trimestre 1990